歌集

エゾシカ／ジビエ

石畑由紀子
Ishihata Yukiko

六花書林

エゾシカ／ジビエ　＊　目次

I

装幀　真田幸治

エゾシカ／ジビエ

I

手のひらの平野

革いちまい隔てて雨を聞いている詩集のなかにも降りやまぬ雨

Iという単語を愛すIという幹に似ている一人称を

くちびるに触れるはかないものたちをあまく殺めて　これは雪虫

手のひらのように平野は雪を待つ灯のともりゆく家々を乗せ

生きていた頃の傷あとそのままの革手袋に雪の結晶

左から袖をとおして着たような日はていねいに紅茶をいれて

近づけば近づくほどに点描画は閉じゆくきみよやさしくなるな

鹿肉を嚙みしめたとき口のなかいっぱいに吹く風はさみどり

窓枠に雪、　肩にゆき昨日とはちがう四肢にて問いは触れくる

冬の速度

満ちみちる卵の呼吸そのように冬、早朝のしずけさはある

羊水はつめたいとなぜおもったろうまっさらに街まっしろな息

噓ひとつおいてきただろうひとを待つ冬眠中の噴水の前

結晶の育つ速度でさよならは近づいてくる　ゆびをからめて

関節の多い理由をたしかめるように添わせてもっとちかくに

たすけてと言えたのは遠かったから　となりの息が寝息に変わる

嗚呼ゆめにみるよねけむる雪道にうつくしいちをながすけものは

うしなったものを数えて博物館のようだあなたは雪を食みつつ

白樺の枝は白くはないことを　きみはわたしを名では呼ばない

透明な氷の凹みに入りこむアイス珈琲のやさしいまるみ

横顔をぬすむたがいの利き腕をころさずに手をつないでしまう

港にも港がほしいらぷらぷと風はらませて帆は遠ざかる

水鳥の羽裏のしろさ平気よという顔をしてきみに手をふる

ひとり旅終わったような顔をしてなくなっていたペンが戻った

一通の手紙となって駆けてくるかなしみがある春がきますね

黒猫と六等星

口腔にももいろの舌を匿っている黒猫と密室に住む

いいこだね嫌なことなら甘噛みで教えてくれるちいさなけもの

ソファの上に速度のちがう一日あり胸とくとくと猫とわたしと

一匹とひとりでつくる最小の星座は部屋の隅、街の隅

そこからは六等星のひかりだろう一杯分の湯を沸かす音

後ろ手に背骨をつうとなでおろす捥がれた跡のような尾骶骨

ひざに来て息と寝息の境目をみせてくれるんだね黒猫よ

黒猫を尾からほどけば細糸は床に知らない言語をつづる

地直しをした麻を切り分けていく　おおきな指よわたしをほどけ

原色

太陽は黄色なのかもしれなくてＪＩＣＡにはためくあまたの国旗

虹は二色という地のこどもとりどりの色鉛筆でわたしを描く

かたことのタガログで礼を伝えればサラ、一枚目の舌があふれて

「ユキコも民族衣装を着ればよかったです」ロンジーまとうザウの白い歯

未知の地の缶ジュースは焼けつくあまさトラッシュボックスに南風吹く

バナードと母国語のそとで笑いあう　笑いあうという温《ぬく》き場所まで
ヒンドゥーとイスラム交互に手際よく削いだケバブをほおばる　晴天
隣りあう人々みんなちがう匂い湧き水のようにダンスがはじまる

血の底に歌と踊りがあることを確かめあうマシュ・ケ・ナダ、原色

緑ヶ丘

ふかい穴におちたようです礼服を着て通るふかみどりの道は

むせかえる木々の体臭　土葬がいい土葬はいいよって声がする

失ってなおわらうとき身の内にひかる百葉箱の白さよ

肌という傘をひらいているばかりに立ち会えぬ雨と土のみのおと

故意でしょうあおい炎をみせたことあかい炎を引き出したくて

ふかぶかと舗道に日傘の影刺して何月ですかきみのいのちは

わたしには読めない文字で綴られた手紙の切手うつくしかった

地球上すべての緑ヶ丘にて雨のふる日のことをおしえて

わたくしの椅子

川べりの木工所にて

朝霧のように煙った工房に目覚めの前の機材は並ぶ

肺すみずみ木の粉の満ちた職人の森の言語を話すゆびさき

樹木から材木に変わるその時のチェーンソー、叫びは慣れますか

朽ちる途中年輪の真中にあらわれた薔薇もよう死は花であったか

そうだね、おまえも
研磨とは孤独にほおをよせる過程ついてゆくその森の底いへ

すすむほどしずかになってゆくもののそのしずけさの中の爆音

(憶えているね、リスの前足) 四つの脚それぞれの裏にフエルトを貼る

ありがとうウォールナットはうつくしくひらかれわたくしの椅子となる

蛇口

故障中　貼り紙がはためいている　あなたはどんなふうにされたの

陸に来てはじめて濡れていたことに魚は気づくのだろう　ください

歯みがきや洗顔のように信じてる川にひたすら雨降っている

浴びたならこごえるような水をなぜひとは飲めるのでしょうね、蛇口

卵白を立てているうちに見える道あり午前二時メレンゲを焼く

最大の素数の更新くり返しわたしたちという単位でいよう

みずは香る

川と海みず混ざりあう場所にいてたましいの正座を待っている

鮭《シャケ》の皮残さず食べる川底の石のぬめりのことを聞かせて

雄と雌ならんで口を開けているいのちとは水底に哭くこと

引き出しを開けてしまった顔をしてきみよ戻れるとはおもうなよ

すべてかえれわたしの内にみな孵れイクラを口いっぱいにほおばる

違う川を上っていった鮭のこと想いつつ午後の会議にのぞむ

ブラキストン線

にんげんに「いつか」の単位はないことを知らせるための報せがとどく

つまさきを川にひたして彼岸へと渡る支度をするのか壊死は

さよなら。ゆきこさよなら。ゆっくりと水羊羹を食む口をみる

あたたかくあまいものが頰をながれて部屋は焚いても焚いてもさむい

はつなつに躰の熱をさしだして祖父は予感へかえっていった

焼く前にペースメーカーはとり出され神とは人のことであったか

肉体は地図であるから眉尻を撫でては辿る祖父への道を

たましいに転居はあるか改葬の祖父母ブラキストン線を越える

飛べるのではなくて飛ぶしかないんだとつばさは言った燕彼方へ

根分けした祖父の三つ葉をくぐらせて湯はあさみどり　わたしになりな

メリーゴーラウンド

とりかえしのつかなくなった人たちの墓としてメリーゴーラウンド回る

水面にシュガーは溶けて珈琲と名を変えるそのシュガーの甘さ

ほんとうに溺れているひとはしずか加湿器がこくりとみずを飲む

同僚の恋のはなしを不可思議なみず越しにゆりゆらきいている

しばししてサーモスタットはふっつりとこれ以上あたためるのを止めた

夢のあなたはいつもやさしい十本のうすむらさきを首に咲かせて

ありがとう　そこではなくてでもそこをずっと撫でてくれてありがとう

踏まれたら悦びにうちふるえなさい暮れたら美しく閉じなさい、みず

明後日の天気予報でふんばっている雪だるまくるしいですか

恋愛は人をつかってするあそび　洗面台に渦みぎまわり

垂直に落下している部屋にいてきみの寝息はひどくしずかだ

一滴の黒

スズメ目おまえの腹の輪郭をおもえばふかくふかく降る眠り

靴べらをさし入れるとき靴べらを知らずに果てるつまさきふたつ

足の甲に二匹の蝶をとまらせていつ何処へでも歩いてゆける

斧の音芯まで残るししむらに流れるみずを樹液とおもう

仄明るいひとすじが見えるひとりきりいってかえってくるための道

ゆびさきでのぼりつめてく鳳仙花　とおくへいきたかったのはきみだ

一滴の黒が混ざって純白といよいよいよいえるねえシマエナガ

手榴弾ふたつ並んでゆれながら今木漏れ日のアーチをくぐる

雨の日に使えと三脚を渡される知らないやさしさはまぶしくて

みぞおちの家

合鍵をかえした部屋に招かれて食器がみんなみんなつめたい

みぞおちの焦土をさく、　と耕せばふいに一面あまい夕焼け

求めれば応えてくれて求めねばやっては来ないゆび　あたたかい

海を食むようなメールに空を掻くようなメールをかえす　淡雪

咀嚼する食べものすべて死んでいる肉であること受信履歴は

声すべて白菊になるやまいもて鳥肌の立つ理由《わけ》を尋ねる

それさっき出たよ、と言わないふたりして「ん」を避け続けているしりとり

くるだろう諦念はあかく下手から愛憎はあおく奈落から、くる

解けきらず積もったはじめのひとつぶの嘘ありがとう解けておゆきよ

はじめてのグラスはこわいためらわず四肢のびのびの水がまぶしい

みぞおちにちいさな家を建てたことふたりで建てたこと　夜が明ける

うつくしい山

見送りのプラットホームのほうが発ち残されている一両列車

横たわる河を渡ったいつもひとりこの身も河のひとつぶとして

供述は意味不明という容疑者のニュースまぶしい社員食堂

誰からもわるく言われぬ完璧な笑みだろうもう切り花だろう

珈琲を冷めゆくままに受けいれてボーンチャイナの取っ手のまるみ

かなしみよ古ぼけぬままここにいよ秋うみうしの吐いたむらさき

ひえきったゆびさきは紅葉だからわたし今うつくしい山でしょう

浴室のタイルの規則正しさを　ただしい別れなどあるものか

左目と右目のようにずれあっておなじ景色を見ていた連弾

Ⅱ

連《れん》

先端をぎっと握って立っている　からだのなかに上がる連《れん》

石畑と名乗りはじめた先人の両手のひらの血豆をおもう

わたしという宇宙を妊娠した宇宙四十四年前のほほえみ

【モデルケースの人のみお座りください】看板あり透けるようにかなし

咲きますと言いきった花屋の声が荒野の風のように響いた

マイナスをつけずに気温をいう母の、父の　わたしの内に降る雪

それはどういう意味ですか。と次こそは言うホットミルクにチョコをおとして

くちびるが世界、ひらきこぼれ落ちる欠片そこにも息あまたあり

同じ根を持つおのおののかなしみのシャコバサボテンの満面の白

みぞおちの空に連凧つよくつよくはためくようにたっぷり眠る

ゆっくりと染まる坂道　ゆっくりと燃える坂道　ふりかえらない

ふたり一緒に

二〇一六年八月　颱風十号

颱風が颱風のまま迫り来て祖父母の生地《せいち》のみどりの匂い

新聞の余白に氵《さんずい》挙げしきる母のゆびさきにしぶきがかかる

雨戸雨戸雨戸閉めて！と本州の友（雨戸、ない）颱風の夜

愛憎のすべてきわまり家を打ちつづける拳誰の誰への

たのしんでしまった風雨流されていった畑も橋も知らずに

樹々の手に風雨の手から守られてふみ子の歌碑の縦長の文字

さわがしい紅茶をいれてくれたあと友の頬肉だまってしまう

どこからも幸福を見つけてしまう　ふたり一緒に見つかりました

鮭の腹ひらいたときに何番目かのかみさまと今年も目が合う

どこが千切れても祈りになっていく来夏の母にワンピース縫う

ひらかれて

あ、降ってきましたね雪。そのような温度で医師は癌を告げおり

突然なる　突然そうであるとつぜん降ってのれなくなるね自転車

「四十代には勧めています」こだまする産まれなかった母の産声

背もたれにたよらず座る待合の椅子すこやかな肉のいろして

けものなら終わるいのちを繋ぎとめひかり輝く廊下の向こう

ひらかれてはじめて空気にふれたこと臓器よ泣けよあたらしい声で

傷口をかばうあまりに洗えないいつま先がとおい恋人のごと

薄膜は日ごとはがれて大いなる育ちざかりの錯覚を抱く

五年後という遥かな野　病室に朝焼けがわんわん沁みわたる

＊

ちちははを産まずわたしを産んだのだ退院おめでとうと言われて

はじめてはこわいたのしい座りかた新たに探る臓腑の声する

クラクションがふいに聞こえて目を閉じる切り離された小部屋のために

街のどこかの炉に立つ炎ひっそりとわたしであった肉が逝く

励まされ励ましたバトンリレーのよう同室の皆どうしてますか

ししむらの真中にはしるひとすじの　こたえのように道は生まれた

春のコート

止まらないからだに乗ってここへ来た四月の雪に頬をさらして

桜よりはやく目覚める北の地の躑躅は痣のようにあざやか

砂袋の砂にまみれた道をゆく春のコートという意志を着て

雲雀、雲雀、羽ばたきながら鳴くことのむずかしいこと早退の帰路

柴犬の肛門ほどの愉しさについていくついていけよこころは

内に棲むすべての祖先を呼び覚ます水無月の草伸びゆくばかり

生まれてはいまいかとおもうわたくしの子が野辺の花ふかぶかと見る

どのみちを選んでもさみしいときはゆたかなほうをゆきなさい、火よ

トランプタワー

静けさのきわまりにいて耳奥のトランプタワーはっと崩れる

ムーミンの鼻のラインがさみしくて熱の出ていることに気づいた

白血球値の振り切れている検査表わたしのなかにも戦争がある

天井に幼いころのわたくしが寝ているひどく息を鳴らして

母の摺る林檎の甘さあのときとおなじ器に素うどんをとる

ヒスポラン、ムコスタ、レボフロキサシン、わたしを正すための呪文か

メジコン酸のなかにある事故うとうとと浮いては沈む眠気の水面

張ったかとおもえば喉の薄氷の割れやすいこと　筆談にする

けんこうなからだとはどんなものかしら夜の樹々たち倣って眠る

白樺の樹液を飲めば起きぬけの手足にあまい陽の届くよう

エンジンは替えられなくてていねいに耳介のひだをすすいで暮らす

わたくしが国

蜂蜜を大瓶で買いしばらくは王のここちでキッチンに立つ

ちりちりと燃える音する冷凍庫から出したての氷つかめば

白詰草の王冠いくつ編んだろうふるえる茎を引きちぎっては

ストッキングに指を通してわたくしが国なら死罪の者あまたあり

ワンピースにミリタリーシャツおんなたちは日々戦場をゆくきらきらと

祈りの手をゆっくり解いてわたしまだ道の終点を見たことがない

水晶体のなかを魚が横切ってもうすぐ来るだろう夕立が

額から噴き出るなにかそのままに男、近づいてくる熱帯夜

冷蔵庫にオリーブオイルは仕舞われてやさしい朝にくるしんでいる

ロバート、ロバート

ロバートといえばキャパだときみはいうメイプルソープを愛でるわたしに

暗室を知らぬ写真のなかで笑む友たちの肌ざらついている

キヤノンが観音だったことを説く友のフィルムに写りこむ虹

The truth《真実》 is《は》 the best《最高の》 picture《写真》 キャパの詩的現実として兵士崩れる

フラッシュがふいに瞬き右の目を射られてしまう顔が読めない

ISO100の指先あっけらかん、あっけらかんとわたしをめくる

温水を持つ指ならばもう春になるほかなくてほころびる花

パティ、あなたが去ってひときわ咲いたというメイプルソープの白黒の黒

みずからの花への問いかアングルは蕊の奥底そのくらがりへ

死は肌のとなりにあって死は肌の内にある　そうですね、ロバート

Ⅲ

斧

白樺の幹横たわる　昨晩の雷雨あなたの声、でしたか

キタキツネきみの繁みに幾筋も轍は満ちみちる　生きのびて

いつかの樹の根元に振り下ろされたのはとおいむかしのお前の斧だ

知らない鳥　声のみの鳥　その声も連れて何処かへ行ってしまった

ひゃあひゃあと濡れた路面が走りゆくタイヤに泣かされていて　泣こうか

壊した家を出てあたらしい家に住むこの手の斧の血をぬぐいつつ

倒木のなかに樹液は横たわり祖父の最期の背の紅のこと

足裏へ向かうあまたの血管は根のよう立つというかなしみよ

次は花になりなよ　鍵を鍵穴に差しこむ　次は鳥になりなよ

白樺の皮で編まれた籠を持つかけがえのないゆびきりとして

求婚したい

わたくしのせかい以外でわたくしは立木　枝にはリスを飼ってる

かなしみを緑と呼べば七月の並木通りにかなしみは燃ゆ

青空市に着いたとたんにつよくなる雨こんなにも歓ばれるとは

小鳥一羽匿える樹になりたいと夢みただろうブロッコリー買う

白樺、白樺、切り株、白樺、たましいも幻肢痛あり並木にふれる

野草園を小動物の目でゆけば嗚呼、水芭蕉に求婚したい

あそぼうよ林の奥を分けていく枝葉に足を嚙みつかれながら

こんなところにまでアスファルト敷きつめて恐いのでしょう土の甘さが

おじおじと幹の裂け目をのぞき見てみえたものあれはわたしの背中

こわいというなつかしさありすはだかの頰を柏の木肌によせる

だいじょうぶ何も探していないから惜しげなくただ広がっていて

いただきものの初物きゅうり食みながら名のなかにのみ残る畑は

二千年後も人類は傘さしてクローバーの葉にしずくはあそぶ

愛に相遇したか

叔父一周忌、杉戸町へ

モノレールの車窓からみる剝きだしの空の骨なる紅いクレーン

瓦、トタン、瓦、トタントタン、伊勢崎線から変わりゆく屋根を眺める

嗚呼いとこの目に眉に叔父　不在という存在感に出迎えられて

建築家・黒川紀章は最晩年　Urin Toju　名義で詩集を発行した
書斎に残る詩集、付箋のページにはタイトル「愛に相遇したか」

忠犬のよういつまでも玄関に叔父を待つのか灰皿きみは

関東にわたってもなお北海道の夏の速度でおわりを駆けて

にんげんには読めぬ宛名の遠吠えの溶けてぼんわりあかるい夜空

「ふかみどりのスカートです」八重洲にて顔知らぬひとへ目印告げる

汽車でなく電車と言ったそれだけで靴ずれしそうな旅の構内

とおいほどひらく扉《ドア》あり出会いから三十分で傷をみせあう

十分の遅れが十分の遅れですむ東京駅に快速を待つ

十秒後をなにも知らない　火を分けるように体温をすこし差しだす
生き残り続ける旅はとりどりのしおりをからだに刺し入れながら

北へ来い

保護色に生え変わらないからだして除雪の山頂ぼすぼす歩く

コマーシャルのなかに桜は舞いあがる、笑う、一輪もこちらを見ずに

敗北に北のあること川べりに凍りたがりのみずを見ている

さむいね。冬の背骨のうつくしさ雪踏みしめるその背を追って

毒はきれい毒はおいしいいるるりらとひかるつららに子どもらは知る

くちばしで穴をあけ幹に棲みますわたしそのようにきみに棲みます

ひゃっほ――って言いながら北へ来いむらさきの花を唇《くち》に咲かせて

火星の街

金木犀の香りの話を聞くときに火星の街に吹く風のこと

さみしがるひとをブラックホールと呼ぶ今日はブラックホールとランチ

伝えたいあまりに風邪を引いてくるあなたは桂馬あつい息して

交通事故ゼロの記録が切れたから明日あたらしい香水を買う

とおざかる星の駅にも早朝の汽笛は走るしあわせであれ

肉／孤島

肉を焼く　お前も肉だろうという声が肉からする　肉を焼く

戦友にくちびる乞われ嗚呼ここも青いっぱいの孤島であった

チェレンコフ光ほどのかなしみ突きぬけてこんなにもうつくしい放心は

さびしいのびのなかに吹く風のありしんそこひえてここも生身だ

三人目の担当医はまた男性

おすそ失礼します、と医師の声がして銀色の器具のつめたさがくる

ももいろの椅子とカーテンこの先もわたしの肉よ健やかにあれ

焼きたてのアップルパイが追加され院内ベーカリーはにぎやか

カフェラテのカップの内につもりゆく地層のなかにいずれ眠るか

次の検査は次の季節につむじから萌えた野草に花のつくころ

家族して餃子を包むみちみちと誰も死なないような気がする

ポプラを撫でる

ひんやりとわたしの中の柴犬が鼻を押しつけてきて　はつふゆ

マイナス十一度《じゅういちど》　一緒に冬を行こうねと瞼の下りたポプラを撫でる

手に入れたほうがさみしい　ポケットに月のひかりを隠しきれない

五線譜をハクセキレイは飛び立ってそこからの長いながい休符

十分を過ぎても来ないバスを待つ白くならない冬毛をまとい

ストーブに頬よせている　ししむらの最期に出会う火は薪がいい

ありがとう大いなる父母の伝言を受けとるように大豆をもどす

わたくしも楽器のひとつ起きぬけに一杯の水こくり鳴らして

友だちにもどってからも本を貸す冥王星よしあわせですか

とおい日の水紋そっとひかがみに触れくる真昼　ここまでは来た

IV

ひとから樹木へ

きみと呼ぶものがひとから樹木へと変わりやすらぐ湖《うみ》の翡翠は

新鮮な駅はいいよね新鮮な別れが卵のように生まれて

珈琲にわたしが映る希求なきさみしさは雪の朝のきらめき

樹が夜の主食であればこくこくと夜の喉をとおってゆく樹冠

あかるい母音で煮えたつ鍋に飛びこんでほうれん草、知ってしまった顔だ

貝柱を鋭く突いて黙らせる傷つけようとして傷つけた

ヒトだからきみを放した　エゾシカのジビエにもう一度火を通す

雪子

ゆきこ、ゆきがじきふりますよ空の底から声がする帯広の声

押しボタン式信号機待つかたわらにエゾリスも立ちエゾリスと待つ

ひと冬を身ひとつで越すエゾリスの腰逞しくちからに満ちて

亡き祖父の家足しげく通う夢　夢の本棚　夢の夕焼け

メルカトル図法によって伸びた地に越したのだろう死は近しいな

止まらないみずも凍っていくことのマイルスのトランペット、寒いよ

雪子さん、と間違えられてふと冬にのみ生まれくる姉を想った

離島

川べりの霜を踏みつつ辺地という言葉をわたしはさりさり憎む

ゆびさきの皮膚は氷に張りついてあの日向けた罵りの言葉

四度目のヘアドネーション終えてふと明日はわたしかもしれないと

たわむれに鳥の単位を授けられいつか食べられるか人間も

嗚呼のなか鳥は鳴いてああと泣いてあれが最後だったと知るのだろういつか

脈ひとつ預けるここち心臓に近いほうの手を伸べる握手は

手のひらは頭《ず》の上にひらひらひかりあれがわたしの棲みたい離島

もういない人の名で呼ぶ空港の搭乗待合室は明日だらけ

心にも五体があれば

傷癒えてゆくかなしさにゆるゆるとまた綻んでいくアマリリス

スプーンに顔は歪んで人の数ほどの真理に囲まれている

心にも五体があれば利き腕を失うほどの怪我の幾つか
信じるというあなたの不在極東の小島にあたたかな雨が降る

邂逅

寒風に耳を噛まれてふいに知る白樺がわたしにつけた名まえを

町しろく覆われてから現れる心臓ひとつひとつのけものみち

十勝石その名を呼べばひんやりとひかりをかえす鏃《やじり》胸にあり

蜂蜜で林檎を煮詰めふつふつと消し去りたいおとこが一人いる

玉雪に見まがう塩化カルシウム暴力のごと生活はあり

宵闇の特急おおぞらガラガラと砕ける鹿を足裏に聞く

食されぬ肉塊として車輛越し一度限りの邂逅われら

かなしみは速さ侵入者であれば鋼の足を敷きひた走れ

名を捨ててわたしとなったものたちの命ごと湯船はあたためる

文庫から稜線へ目を移すときからだの内に吹く強い風

六花降る夜にのみ乗るとうめいなエレベーター上昇す上昇す

粉雪を舌に受け次もわたくしに降るみずとしてまた巡り来よ

冬は少女、何度でも少女あまた見たのちの雪原かがやいている

眠れ、ねむれ横断歩道あまたなる靴底あまい夢となるまで

静物の親

起きては縫って食べては縫ってで暮らしたいこころに広いアトリエをもつ

指先はミシン針に吸い寄せられて狂気はかくも手懐け難し

下糸を巻いているとき瞬きの間ほど忘れる上糸のこと

静物に名をつけて静物の親ミシンあなたも多産であるね

待ち針に待たれつつ縫うブラウスの思うままという孤独のかたち

秋コートあとは釦をつけるのみ朗々と歌いだす筑後川

思いだす家具調ミシン、母の足、床に釦の川を描いた

父にパジャマ母にワンピースガーゼとはつくづく人を包むための布

ふたつ先の季節の服を縫うずっといのちよ服を追いかけてゆけ

白い握力

宵闇にとじる牡丹の握力の白いこと　身ひとつになりたい

おしゃべりという修辞《レトリック》ありどのようにも抜いてジェンガは美《は》しき山肌

誤ってふれてあなたの雪崩れ見ゆアンナプルナの頂眩し

少年の心を持つという揶揄よ少女ばかり渡る夜の河

肉球を押せば出てくる猫の爪どうしても怒りが間に合わぬ

悪夢分体重の減る朝なればこくりとながす白湯のまどろみ

みぞおちに斧うつくしく研ぎあげて正しく怒る気高さにおり

生まれなかった子はみんな姉ジッパーを上げるとき風となって助ける

麻生地に描かれた森に一本の獣道のごと鋏を入れる

蛇行

樹も土に還らぬ時代のあったこと想えば寂しい甲虫の口

それからは水鳥の泳跡のみに揺れている沼の畔のボート

森色のポロシャツのなか暗がりの樹木のようにきみの身は立つ

いいえ、これは氷ではなく果物をジャムにする類いの怒りです

フリースに雪虫あまたひっつけてあなたは空のしろさを話す

同じ川と三度まみえる帰り路蛇行とはなんてゆたかな形

肋という意味をもつ川ウッベツに抱かれる町の臓《はらわた》として

目をつむる　赤と緑が何処かから渦巻いて何処かへ消えてゆく

冬の両手／窓を配る

閉架にて深い眠りにある本を醒ます人差し指のつめたさ

やわらかく倒されながら思いだす雪虫の雄に口のないこと

二股に川は分かれて名の変わる細いほう一羽白鳥がいる

この姓を離したくない　きみもまた見覚えのある顔で黙った

沼尻にぬ、と差し入れるここちして抱く頭髪の暗いぬくもり

染まらない布を見る目でわたしを見るきみの母にも旧姓はあり

ください、わたしにもその果物を　肘から水がしたたるばかり

両頰を冬の両手に包まれて寒さこそむなうちに灯る火

持たざるという経験ゆたか両の手を如月の風ときつく繫いで

型紙を直しこの身にちょうどいいシャツ縫い上がるひかりそのもの

旧姓を呼べば咲く色とりどりの花に紅茶を、花にワインを

五歳と遊べば五歳になったここちして釘ぬきまくる青い釘ぬき

友たちへ手作りのハンカチを配るちいさな窓を配る手つきで

波の音ざんざう聴いてきたというきみはおとこの寂しさのなか

夜風、いま雪紋は一層ふかく壁を越えきみの寝息の上にも

薬箱にガーゼよ眠れ目に見える傷のため清潔に保たれて

あなたでもいいのよ、なんて　知らぬ間に割れてしまった親指の爪

ふれるとき底いにみずの動くおときみは根開《ねあ》きのくるしさをいう

バーバーのポールは回る動脈と静脈をひとつきりめぐらせて

穴の夜に花をひき抜く　最後まで生まれなかった共通言語《リングワ・フランカ》

解剖の刃では届かぬ心《しん》の峰にきみよ一緒に暮らしてほしい

泣きながら三月の蛇口へ駆けてきた雪解け水その痛みをすくう

春、あなたは何処から去って今ここにわたしの髪をかき上げている

出ておいで

嗚呼、胸がちゅんちゅんとして白米を庭に撒いてしまう　出ておいで

前世は松だったことその前は風だったこと　もうさわれない

ナッツとベリーぎっしり詰まるハードパンさしずめ冬眠前の重たさ

鮭たちの写生大会賑やかにヒューマンピンクは恐ろしい色

かわいいという暴力で柴犬の尾はかき混ぜる夏の空気を

食道をわたくし国の国道とみたて走らすトマトの真赤

雀語に猫語をかえす野良の尾のわからないというかけがえのなさ

北山あさひさんの愛猫を愛でている

心の伯母となればやすらぐ札幌に北山ミミの窓のあること

アポロ柄した肉球を湿らせてミミは北山あさひに降り立つ

まわり道するように買う木彫り熊わたしの死後は野に放たれよ

からだより一歩進んで

からだより一歩進んで立っている陽だまり、額、朝のバス停

リビングのずっと奥にも手を伸ばしひとが好きだね冬のひかりは

粘菌が最短距離で結ぶのを理想の路線と科学者は云う

海底という役をもつ遊戯だと知れば歩いてみたいその底

バゲットを脇に抱えていくときの体のなかに立ちあがる武士

丸鶏を腹から開く生前の密事は何処へゆくのだろうか

星の味しそうな米をきらきらと炊いて暮らせばひとりとひとり

画面越しぬいぐるみの手で手をふって会いたさという二点透視図

朝までの道

祖父宅を夢のなかでも取り壊ししずかに下りてくる雪の空

きみもまた肉であるとは知らないで暖炉へ伸ばす小さな手のひら

誤作動を脳が起こせば真夜の淵せかいに一つきりの心臓

痙攣の治まりきらぬ肉叢《ししむら》の手の届かないドアノブもわたし

雑音という音などはない新雪よ苦衷ひんやり吸ってくれぬか

ほそくながく息を吐き出しひとすじのひかりを渡る朝までの道

何度目の誕生だろう四肢の先すみずみにまで白湯沁みいって

樹齢二八〇年の春楡よ幹を抱けば抱きしめられる

北に生まれて

悔しいな　北に生まれてシマエナガお前もここで亜種と呼ばれて

表情《かお》を見て戻してはまた表情を見てシマエナガみくじの列縮まらぬ

零度とはあたたかな昼マフラーを外し見にいく雀の生る木

受話器から鳴るG音でチューニングして弾くギターひとりの佳き日

雌ししゃもナイフのように焼きあがる　刺したいひとのいた夏のこと

オリオンに護られる帰路こども座が今日は一層つよく輝く

うさぎ座の年々見えなくなってゆくよわまりといういのちの明《あか》さ

姓ひとつ逝くおと溶けているような朝の川辺の白いふきのとう

まだ束ねられてはいない花たちのさよなら、さよなら、放埒な声

土葬される夢から覚める幾重にもひかりの膜をまぶたに受けて

あとがき

歌集原稿の入稿を控えた九月のこと、青空マーケットの店先で革のブローチに出会った。隣町の工芸作家による作品で、聞けばエゾシカの革だという。横長にカットされた表面には工具で小さな山型と丸の模様が刻まれており、それが雪の降る山々の風景に見えて一目惚れしてしまった。胸に冬を飾れるなんて素敵だろう。作家の女性としばし会話したのちそのブローチを購入すると、彼女は一枚のカードを私に手渡してきた。そこには番号・捕獲日時・年齢・性別が記されており、横にはQRコードが添えられている。

「この革の元の持ち主、エゾシカの個体情報です。QRコードを読み取ると捕獲場所が地図で表示されます、ぜひご覧になってください」

私が迎え入れたブローチの革は二〇二〇年四月十七日、十勝・池田町の畑と森林の境目で捕獲された三歳の雄のものであった。その情報は生きることが暴力であればこその、奪った命への最敬礼のように思えた。軽やかだったろう彼の四肢、森に降る雪の一粒ひとつぶを映しただろう彼の眼。この地の自然を想うとき、奪ったもの奪われたもの、あたため守ったもの、手に届かないもの、それぞれが私の内外に等しく輝いている。
それは人との交わりでも同じだった。それらの輝きが、私を歌へと向かわせた。

三十代後半になって短歌を詠み始めた。前半までは地元詩誌や北海道詩人協会などで自由詩を発表していて、数年の空白ののち突然定型が指にやってきたのだった。

自由詩がひとりきりで暮らす孤島なら、短歌は町のようだった。どちらも孤独には違いないが、ひとり黙々と狼煙を上げる自由詩の日々と、とおくても小さな灯が見える定型の日々では孤独の手ざわりが異なった。短歌という器の心強さと底知れなさ。詩の日々を礎に、私は定型のどれだけ深くを知れるだろう。これからも学び続けていきたい。

＊

本書は石畑由紀子の第一歌集です。未来短歌会へ入会後の二〇一一年から二〇二二年までの作品の中から三八七首を収めました。ⅠからⅢまでは第八回現代短歌社賞のために編んだ連作三〇〇首を元にしたもの、Ⅳはそれ以降に詠んだ作品です。なお、全体には第三十六回北海道新聞短歌賞候補となった一〇〇首も含まれています。おおまかには制作順に並んでいますが、一部修正・追加・並び替えを行いました。

佐伯裕子先生には原稿の最終段階から歌集名決定まで、多くの助言と励ましをいただきました。そのお言葉に何度目の前が晴れたことでしょう。栞文もいただき、この上ない喜びです。さらに、現代短歌社賞にて選評と作品抄の選歌をいただいた松村正直様、同じ道産子で北の風土や命へのまなざしに敬愛の念を抱いています北山あさひ様にも栞文をいただき、しあわせな一冊となりました。お三方に厚くお礼申し上げます。

未来短歌会の皆様、とりわけ毎月の誌面やオンライン歌会で刺激をくださる月と鏡集の仲間たち。初めて入会した際にお世話になりました加藤治郎先生と彗星集の皆さん。道東のそれぞれの街で火を灯しあう「ピヌピヌ」の村上きわみさん、氏橋奈津子さん。一九七一年生まれの女性歌人集団「牡丹の会」の皆さん、詩歌を通じて出会えたすべての方々、詩の時代から作品を読んでくれている友人たちにも感謝しています。皆さんのおかげで、私は今ここにいます。

そして私を育ててくれた北海道の自然、動植物たち、ことさら愛する家族と冬に。心からのありがとうを。

最後に、出版にあたり細やかにお世話をいただきました六花書林の宇田川寛之さん、装幀をお願いしました真田幸治さんに深くお礼申し上げます。

二〇二二年十一月　明朝、雪の予報の夜に

石畑由紀子

著者略歴

石畑由紀子（いしはたゆきこ）

1971年　北海道帯広市生まれ
1999年　第一詩集『静けさの中の』（私家版）
2000年代　詩界０（帯広）、北海道詩人協会（札幌）にて詩を発表
2008年　作歌を始める
2010年　未来短歌会に入会
2020年　第８回現代短歌社賞佳作
2021年　第36回北海道新聞短歌賞候補

Email　yukiko_ishihata@yahoo.co.jp

エゾシカ／ジビエ

2023年２月10日 第１刷発行
2023年12月25日 第２刷発行

著 者――石畑由紀子

発行者――宇田川寛之

発行所――六花書林
〒170-0005
東京都豊島区南大塚３－24－10 マリノホームズ1A
電 話 03-5949-6307
FAX 03-6912-7595

発売――開発社
〒103-0023
東京都中央区日本橋本町１－４－９ フォーラム日本橋８階
電 話 03-5205-0211
FAX 03-5205-2516

印刷――相良整版印刷

製本――武蔵製本

定価はカバーに表示してあります
ISBN978-4-910181-46-2 C0092